Los limpios e inteligentes cerdos

de Allan Fowler

Versión en español de Aída E. Marcuse

Asesores:
Dr. Robert L. Hillerich, Profesor Emérito de la Universidad
Estatal de Bowling Green, Bowling Green, Ohio

Mary Nalbandian, Directora de Ciencias
de las Escuelas Públicas de Chicago, Chicago, Illinois

Fay Robinson, Especialista en Desarrollo Infantil

CHILDRENS PRESS®
CHICAGO

Diseñado por Beth Herman Design Associates

Catalogado en la Biblioteca del Congreso bajo:

Fowler, Allan
    Los limpios e inteligentes cerdos / de Allan Fowler.
      p. cm. –(Mis primeros libros de ciencia)
    Resumen: Describe brevemente donde viven los cerdos, cómo son y cómo
se comportan.
    ISBN 0-516-06013-9
    1. Porcinos–Literatura juvenil. [1. Cerdos.] I. Título.
  II. Series: Fowler, Allan. Mis primeros libros de ciencia.
SF395.5.F69 1993
636.4–dc20
                                     92-36365
                                           CIP
                                           AC

¿Los cerdos, limpios e inteligentes?

¿Tú crees que los cerdos son sucios? ¿Que no son muy inteligentes?

Mucha gente piensa lo mismo – pero eso es porque no conoce a los cerdos –.

Si le preguntases a alguien
que los cuida, quizás te
diría esto acerca de ellos.

Los cerdos están entre los animales
más limpios e inteligentes.

Sí, es cierto, los cerdos se revuelcan en el fango – pero por una muy buena razón –.

Todos los animales,
incluyendo a los humanos,
necesitan sudar.

Si no sudases, tu cuerpo
se pondría demasiado
caliente cuando hace
calor. El sudor te ayuda
a mantenerlo fresco.

Los cerdos casi no sudan.
Entonces, ¿cómo hacen
para que sus cuerpos no se
calienten demasiado?

Si un cerdo no tiene cerca
un estanque o un tonel de
agua fría para refrescarse,
usará lo que encuentre a
mano – fango –.

En verdad, los cerdos son los animales de granja más listos.

Algunas personas incluso los tienen como mascotas: los cerdos pueden aprender muchos trucos interesantes.

Puercos, marranos o cochinos son otros nombres que se les dan.

Cuando queremos
significar que alguien come
demasiado, decimos que
esa persona "come como
un cerdo."

Es cierto, los cerdos comen mucho.
Pero son demasiado inteligentes
como para comer en exceso.

Comen exactamente lo que necesitan para crecer... ¡y crecen hasta ser muy grandes!

Sus crías, o cerditos, aumentan 200 libras (110 kilos) en los primeros seis meses.

¡Y después siguen engordando!

Las hembras, o cerdas, pesan unas 400 libras (180 kilos) al llegar a adultas.

Los machos, o verracos, pueden alcanzar a pesar 600 libras (270 kilos).

El hogar de los cerdos en una
granja es llamado corral o pocilga.

La cerda tiene una lechigada
de entre seis y doce cerditos.

Es divertido ver a los juguetones
cerditos cuando son amamantados.

Fíjate cómo se trepan unos
sobre otros.

Con sus colas rizadas...
sus hocicos chatos...
y sus gruñidos y chillidos...
los cerditos son graciosos
y encantadores.

Pero, no lo olvides – pronto crecerán y serán muy limpios e inteligentes –.

¡Y muy, muy grandes!

Palabras que conoces

cerdos

puercos   marranos   cochinos

hocico

fango

lechigada de cerditos   cerda

verraco

corral /pocilga

31

Índice

Acerca del autor:

Allan Fowler es un escritor independiente, graduado en publicidad. Nació en New York, vive en Chicago y le encanta viajar.

Fotografías

Cortesía de la Feria Estatal de Illinois – 23, 29, 31 (abajo izquierda)

PhotoEdit – ©David Young-Wolff, 10; ©Elena Rooraid, 14; ©Mark Richards,15; ©Tony Freeman, 16

SuperStock International, Inc. – 26, 28; ©Garneau/Prevost, Tapa; Pierre Ramaekers, 4, 25; ©Alvis Upitis, 6; ©Schuster, 7, 20; ©C.M. Slade, 12; ©Jerry Amster, 13; ©L. Willinger, 18; ©Sal Maimone, 19; ©Karl Kummels, 24

Valan – ©Harold V. Green, 9, 30 (abajo derecha); ©Francis Lepine, 21; ©Herman H. Geithoorn, 22

TAPA: Cerdos